만약 우리의 언어가 위스키라고 한다면

■ 일러두기

이 도서는 2001년 4월 25일 초판 발행된《무라카미 하루키의 위스키 성지여행》을 시대의 흐름에 따라 수정 및 보완하고 사진을 대폭 추가해 새롭게 발행한 2020년 개정판입니다.

만약 우리의 언어가 위스키라고 한다면

— 위스키의 향기를 찾아 떠나는 무라카미 하루키의 성지여행

무라카미 하루키 글 | 무라카미 요오코 사진

이윤정 옮김

문학사상

만약 우리의 언어가 위스키라고 한다면

MOSHI BOKURA NO KOTOBA GA UISUKI DE ATTA NARA
by Haruki Murakami
Copyright © 1999 Harukimurakami Archival Labyrinth
Photography © 1999, 2002 Yoko Murakami
Originally published in Japan.
Korean translation rights arranged with
Haruki Murakami, Japan
through THE SAKAI AGENCY and BOOKPOST AGENCY.

스코틀랜드

아일랜드

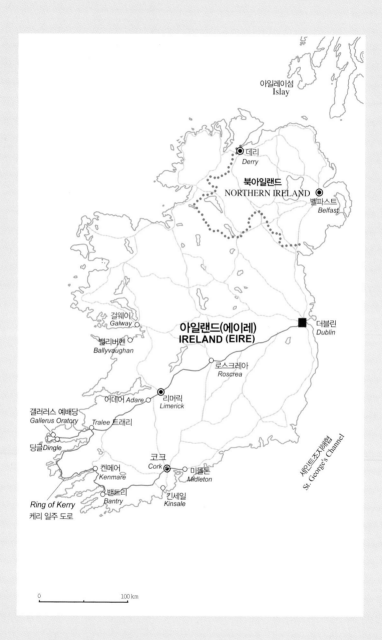

아일레이섬
Islay

데리
Derry

북아일랜드
NORTHERN IRELAND

벨파스트
Belfast

걸웨이
Galway

아일랜드(에이레)
IRELAND (EIRE)

더블린
Dublin

밸리버렌
Ballyvaughan

로스크레아
Roscrea

어데어 Adare

리머릭
Limerick

갤러러스 예배당
Gallerus Oratory

Tralee 트래리

딩글 Dingle

코크
Cork

미들턴
Midleton

켄메어
Kenmare

Ring of Kerry
케리 일주 도로

밴트리
Bantry

킨세일
Kinsale

세인트조지해협
St. George's Channel

0   100 km

스코틀랜드
SCOTLAND

아일레이섬

글래스고

북아일랜드

아일랜드

더블린

영국

버밍엄

런던

0   20km

보나하벤
Bunnahabhain

카리라
Caol Ira

브루익라디
Bruichladdich

보모어
Bow more

아일레이섬
Islay

라거부린
Lagavulin

Port Ellen
포트엘렌

Ardbeg 아드벡
Laphroaig 라프로익

어떤 여행이라도 많든 적든 간에 나름대로의 중심 테마 같은 것이 있다. 시코쿠[1]에 갔을 때는 매일 죽어라 하고 우동만 먹었으며, 니가타[2]에서는 대낮부터 알싸하고 감칠맛 나는 정종을 실컷 마셨다. 되도록 많은 양[+]을 보고 싶어 홋카이도를 여행했고, 미국 횡단 여행을 할 때는 셀 수도 없을 만큼 많은 팬케이크를 먹었다(일생에 단 한 번만이라도 팬케이크

---

1. 일본의 혼슈와 큐슈 사이에 위치한 작은 섬 지방.
2. 일본 혼슈 중부 지방 동북부의 현.

를 질리도록 실컷 먹어보고 싶었다). 토스카나³와 나파 밸리⁴에
서는 인생관에 변화가 생길 만큼 엄청난 양의 맛있는 와인
을 배 속으로 밀어 넣었다. 어찌 된 영문인지 독일과 중국을
여행할 때는 동물원만 돌아보고 다녔다.

　이번 스코틀랜드와 아일랜드 여행의 테마는 위스키였다.
스코틀랜드의 아일레이섬에서 그 유명한 싱글 몰트 위스키
를 실컷 맛본 다음, 아일랜드에 가서 도시와 시골 마을을 여
기저기 둘러보며 아이리시 위스키를 음미할 작정이었다. 주
변 사람들은(물론 모두 술꾼들이지만) 거참 멋진 생각이라며
칭찬해주었다.

　애초의 계획은 아내랑 둘이서 2주일 정도 한가롭고 지극
히 개인적인 아일랜드 여행을 만끽할 생각이었다. 그런데
때마침 위스키에 관한 원고 청탁이 들어왔다. 그런 일이라
면 장소도 적당하고 해서, 위스키를 테마로 한 여행을 하기
로 마음을 정한 것이다. 별 목적 없이 그냥 여기저기 어슬렁

---

3. 이탈리아 토스카나주와 코르시카섬 사이에 있는 티레니아해 북부의 제도.
4. 미국 샌프란시스코 북쪽에 있는 대표적인 와인 산지.

어슬렁 둘러보고 다니는 것도 물론 즐거운 일이지만, 이제까지의 여행 경험에 비춰 보아, 여행이 순조로우려면 어느 정도 목적 같은 게 있는 편이 좋다. 그래서 현지의 증류소燕溜所에서 일하는 사람들을 개인적으로 소개받아서, 그들과 만나 이야기를 나누고 위스키 만드는 공장을 견학하기로 했다. 여행지에서 현지 주민을 만나 이야기를 듣는 것도 나쁘지 않은 데다가, 예전부터 나는 공장 견학이란 걸 무척 좋아하던 터라, 이번 여행은 이래저래 썩 마음에 들었다.

여행은 매우 즐거웠고 모든 일이 다 순조로웠다. 이번 여행은 내가 이제껏 다닌 여행 중에서 좀처럼 보기 드물게 말썽이 거의 없는 마음 편한 여행이었다. 문제는 단 두 가지. 6월인데도 너무 추워서 가져간 옷만으로는 추위에 버틸 수가 없었던 것과(모두들 이상 기온이라고 했다), 2주일 정도만으로는 일정이 너무 짧은 게 흠이었다. 좀더 이곳저곳을 둘러보며 언제까지고 흑맥주와 위스키를 실컷 마셨으면 하는 바람이 간절했다. 그게 바로 나와 아내 두 사람의 공통적인 의견이었다. 그러나 생각해보면 모든 일은 때가 있는 법이다.

일본으로 돌아와 아내가 찍은 사진을 보면서 나는 이 두 편의 글을 썼다. 이 에세이들은 사진과 함께 잡지에 발표한 것으로, 후일 여행기를 모아 한 권의 책으로 묶어 낼 때 실을 생각으로 그대로 놓아두었다. 그런데 얼마 시간이 지나고 보니, 아무래도 이 두 편의 에세이가 여행에 관련된 다른 글들과는 잘 어울리지 않는다는 생각이 들었다. 왜냐하면 여행의 테마가 너무나도 분명했기 때문이다. 다른 글들과 함께 놓고 보면, 이 에세이만 튀어 보일지도 모른다.

그런 까닭에 둘을 합쳐도 그리 긴 글은 아니지만, 문장을 다듬고 내용을 덧붙여 사진과 함께 독립적으로 한 권의 '위스키 내음이 배어 나는 작은 여행기'로 만들어보기로 했다. 내가 여행을 하면서 맛본 제각기 개성 있는 위스키의 풍미와 독특한 뒷맛, 그리고 위스키의 고장에서 알게 된 '위스키 향취가 물씬 풍기는' 사람들의 인상적인 모습을, 그대로 글로 옮겨놓으려고 나름의 노력을 했다. 대단치 않은 책이지만, 읽고 나서(만약 이 글을 읽는 독자가 술을 한 방울도 못 마신다고 해도) "아 그렇네, 나도 혼자 어디 먼 곳에 가서 그 고장의 맛있는 위스키를 한번 마셔 보면 좋겠다" 하는 마음이 든다면, 필자로서는 무척 가슴 뿌듯한 일이 될 것이다.

만약 우리의 언어言語가 위스키라면, 이처럼 고생할 일은 없었을 것이다. 나는 잠자코 술잔을 내밀고 당신은 그걸 받아서 조용히 목 안으로 흘려 넣기만 하면 된다. 너무도 심플하고, 너무도 친밀하고, 너무도 정확하다. 그러나 유감스럽게도 우리의 언어는 그저 언어일 뿐이고, 우리는 언어 이상도 언어 이하도 아닌 세상에 살고 있다. 우리는 세상의 온갖 일들을 술에 취하지 않은 맨 정신의 다른 무엇인가로 바꾸어놓고 이야기하고, 그 한정된 틀 속에서 살아갈 수밖에 없다. 그러나 예외적으로, 아주 드물게 주어지는 행복한 순간에 우리의 언어는 진짜로 위스키가 되기도 한다. 그리고 우리는―적어도 나는―늘 그러한 순간을 꿈꾸며 살아간다. 만약 우리의 언어가 위스키라면, 하고.

—

스코틀랜드

—

아일레이 위스키를 좋아하는 열광적인 팬에게 있어서 '아일
레이의 싱글 몰트'라는 말은 은혜로운 교조님의 신탁神託과
도 같은 것이다.

아일레이섬이 유명한 이유는?
맛 좋은 위스키!

지도를 펼쳐놓고 살펴보면, 단조롭고 미끈한 해안선을 가진 동해안과는 대조적으로, 스코틀랜드 서해안에는 갖가지 매력적인 모양을 한 크고 작은 섬들이 촘촘히 박혀 있다. 마치 천상天上에 사는 누군가가 기세 좋게 붓을 휘둘러 먹물 방울을 흩뿌려 놓은 듯한 모습으로. 아일레이섬도 그 여러 섬 중의 하나다.

아일레이는 그다지 큰 섬은 아니다―라고 할까, 꽤 작은 섬이다. 아일랜드 바로 북쪽에 있으며, 철자는 ISLAY이고, '아일레이'라고 발음한다. 이 섬의 서쪽에는 아무것도 없고,

해안에 굽이치는 파도 너머 드넓은 대서양 저편은 바로 미국이다. 이 고장 사람들은 "맑게 갠 날이면 산 위에서 뉴욕이 보인다"며 정색을 하고 말하지만, 그건 물론 거짓말이다. 섬에서 가장 높은 산 위에 올라도, 눈에 보이는 것은 황량한 해원海原과 수평선과 하늘, 그리고 한눈 한 번 팔지 않고 잰걸음으로 어딘가를 향해 떠가는 쌀쌀맞은 잿빛 구름뿐이다.

아일레이섬을 찾는 관광객의 숫자는 그다지 많지 않다. 이 섬에는 '관광 명소'라고 부를 만한 곳이 한 군데도 없는데다, 기후도 여름 동안의 행복한 몇 개월을 제외하고는(어떤 것에나 행복한 예외라는 것이 있긴 하지만……), 아무리 좋게 말해도 매력적이라고는 할 수 없기 때문이다. 아무튼 겨울 동안은 자주 비가 내린다. 게다가 머나먼 멕시코에서 흘러드는 해류 탓으로 눈은 내리지 않지만, 바람이 세차게 불어오고 몹시 춥다. 바다는 미친 듯이 거칠게 출렁인다. 글래스고 공항을 출발하는 쌍발 프로펠러 항공기는 셰익스피어 희곡에 등장하는 맥베스 경의 어두운 마음처럼 마구 흔들린다.

하지만 그처럼 고약한 계절에도, 이 외진 섬에 일부러 발을 들여놓는 사람들이 적잖게 있다. 그들은 홀로 섬을 찾아

와서는, 작은 코티지cottage[5]를 빌려 몇 주일 동안 누구의 방해도 받는 일 없이 조용히 책을 읽는다. 난로에 향이 좋은 이탄泥炭, peat[6]을 지피고 비발디의 테이프를 은은하게 틀어놓는다. 질 좋은 위스키와 잔 하나를 테이블 위에 올려놓고 전화선은 뽑아버린다. 눈으로 글자를 좇다가 지치면, 이따금 책을 덮어 무릎 위에 올려놓고, 고개를 들어 어두운 창밖의 파도와 비와 바람 소리에 귀를 기울인다. 말하자면 궂은 계절을 있는 그대로 받아들여 기꺼이 즐기는 것이다. 어떻게 보면 그런 여행법은 너무나도 영국인다운, 인생을 즐기는 방식인지도 모르겠다.

저녁 무렵에 들어간 레스토랑에서는 50대 중반으로 보이는, 여행자인 듯한 남자가 혼자 구석진 테이블에 앉아 바다를 바라보며 조용히 식사를 하는 모습을 보았다. "저 사람은 영국의 유명한 텔레비전 뉴스 해설자야. 혼자 마음 편히 쉬려고 여기에 오는 거지. 그래서 우리는 절대로 그에게 말을 걸지

---

5. 별장풍의 아담한 숙박 시설.
6. 땅속에 묻힌 기간이 오래되지 않아 탄화도炭化度가 낮은 석탄. 발열량이 적으며 비료나 연료로 쓰인다.

아일레이섬 해변가의 목초지

않아" 하고 그 고장 사람이 내게 살짝 귀띔해주었다.

덧붙여 말하자면, 아일레이섬의 음식은 꽤 맛있었다. 레스토랑 수는 그다지 많지 않지만, 어디를 들어가도 섬에서 나는 신선하고 맛있는 해산물과 육류를 맛볼 수 있다.

그리고 조류 관찰 애호가들도 전국에서 이 섬으로 모여든다. 겨울이 되면 대량의 야생 오리떼들이 캐나다에서 날아들어, 이 섬에 둥지를 틀고 겨울을 난다. 그 밖에 여러 종류의 새들도 섬의 풍요로운 자연 속에서 한가로이 둥지를 틀고 새끼를 기른다. 조류 관찰자들은 시련에 도전하는 열성적인 종교가들을 방불케 한다. 그들은 혹독한 계절이나 악천후를 자신의 의지가 얼마나 강고한가를 시험하기 위한 절호의 기회로 여기는 경향이 있다. 그래서 이 섬에 있는 호텔[7]은 비수기에도 그럭저럭 웬만큼의 손님을 끌어들

---

7. 아일레이섬에는 호텔과 코티지를 합쳐 숙박 시설이 열네 곳 있다. 작은 코티지에 묵으면서 저녁을 먹었다. 메뉴는 〈허브와 치즈를 채워 넣은 송어 요리〉 〈머시룸 수프〉 〈참치 샐러드〉 〈브레드 푸딩〉이었는데, 무척 소박하고 맛있었다. 레스토랑의 바에는 400종 가까운 싱글 몰트 위스키가 갖추어져 있었다. 싱글 몰트를 좋아하는 사람이라면 더 이상 무얼 바라겠는가? 이곳이 바로 천국이다.

일 수 있는 것이다. 또한 이 섬에는 조류뿐만이 아니라 바다표범도 많고 멋진 뿔을 가진 고라니(큰사슴)도 있기 때문에, 그러한 동물들의 생태를 구경하러 오는 사람들도 적지 않다.

그러나 일반적으로 아일레이섬의 이름을 세상에 널리 알린 것은 은둔적인 풍토風土도 아니고, 서식하는 새나 짐승의 숫자나 종류의 다양함도 아니다. 아일레이섬은 그곳에서 증류蒸溜되는 위스키의 뛰어난 맛으로 유명하다. 쿠바가 시가로, 디트로이트가 자동차로, 애너하임이 디즈니랜드로 유명한 것과 마찬가지로.

싱글 몰트 위스키의 '성지'

"Islay and whisky come almost as smoothly off the tongue as Scotch and water"라고 어느 책에 쓰여 있다. 번역하면, "'스카치 앤드 워터'라는 말처럼 '아일레이와 위스키'라는 말은 자연스레 붙어 다닌다"는 뜻이 된다.

또 다른 책에는 "아일레이 위스키를 좋아하는 열광적인 팬에게 있어서 '아일레이의 싱글 몰트'라는 말은, 은혜로운 교조님의 신탁神託과도 같은 것이다"라는 글귀도 나온다.

사실 내가 스코틀랜드의 한 귀퉁이에 있는 이 외진 섬까지 힘들게 찾아온 것도, 그 고명한 싱글 몰트 위스키를 맛보기 위해서였다. 좀 과장해서 말하자면, '성지 순례' 같은 거라고나 할까?

왜 스코틀랜드의 많은 섬 가운데 이 조그만 아일레이섬이 싱글 몰트 위스키의 '성지'가 되었으며, 그 얼마 안 되는 인구[8]가 어떻게 대영제국 세입의 많은 부분을 벌어들이게 되었는가에 관해서는 이렇다 할 정설이 없다. 그러나 가장 큰 이유는 이 섬이 아일랜드에 가장 가깝다는 데에 있을 듯하다.

위스키를 맨 먼저 제조한 것은 아일랜드인이다. 지금은 아이리시 위스키가 스카치 위스키의 그늘에 가려져 마이너

---

8. 이 부근의 섬들이 대부분 그렇듯이, 아일레이섬도 인구 과소화 문제로 골머리를 앓고 있다. 젊은이들은 일자리를 찾아 본토로 떠나고, 좋은 학교에 들어가려면 글래스고까지 나가야만 한다. 아일레이섬의 인구는 계속 줄어 예전에 1만 명이던 인구도 이제는 3천 8백 명으로 줄어들었다.

한 존재가 되었지만, 과거에는(1920년대까지는) 위스키라고 하면 아일랜드 특산품이었다. 아일랜드에서 스코틀랜드로 위스키 생산 기술이 전해지기 시작한 것은 15세기 무렵이다. 그 과정에서 헤브리디스 제도 중에서도 아일랜드에 가까이 위치한 아일레이섬이 앞서 그 기술을 도입했다는 사실은 별로 이상할 게 없다. 또한 아일레이섬에는 좋은 위스키를 만드는 데 필요한 원료가 골고루 갖추어져 있다. 보리, 맛있는 물, 그리고 이탄이 그것이다.

그러나 그레인(곡물)을 풍부하게 생산하기 위해서는 넓은 땅이 필요하기 때문에, 아일레이섬이 위스키 생산의 중심지가 되지는 못했다. 아일레이섬에서는 소위 '싱글 몰트' 위스키만을 생산하여, 그것을 주로 블렌드용으로(!) 본토의 '스카치' 위스키 생산자들에게 매각하는 시스템[9]이 오랫동안 이어져 왔다. '조니 워커Johnnie Walker'나 '커티 삭Cutty Sark', '화이트 호스White Horse'와 같은 유명 브랜드는 모두 블

---

9. 소위 말하는 스카치 위스키는 발아한 보리로만 만들어지는 '싱글 몰트'와 그 밖의 다른 곡물을 증류한 '그레인'을 블렌딩해서 만들어진다.

렌디드 위스키Blended Whisky다. 수천 종에 이르는 블렌디드 스카치 위스키 가운데, 아일레이의 싱글 몰트를 배합하지 않은 것은 열 손가락 안에 들 것이라는 이야기다.

그런 까닭에 아일레이 싱글 몰트의 이름이 표면으로 나올 기회는 별로 많지 않았다. 일본의 지방 토속주土俗酒처럼 아일레이섬 주민들이나 소수의 애호가들이 남몰래 즐겨 왔을 뿐이었다. 그러나 최근 들어 전 세계적으로 싱글 몰트 위스키가 급속히 애호되면서, 아일레이섬의 이름도 널리 알려지게 되었다.

아일레이 싱글 몰트에 한번 맛을 들이면 싱글 몰트 찬양론자가 된다?

제각기 퍼스낼리티가 뚜렷하고 향에 따라 생산지를 특정할 수 있다는 것도 싱글 몰트의 훌륭한 특징 중 하나다. 스카치 위스키로는 그게 불가능하다. 싱글 몰트의 세계에는 와인처럼 퍼스낼리티라는 것이 엄연히 존재한다(누구나 상

보모어의 우체국

상할 수 있듯이, 그것은 온축蘊蓄의 온상이 되는 수도 있다). 그래서 스카치에는 얼음을 넣어도 되지만, 싱글 몰트에는 얼음을 넣어선 안 된다. 적포도주를 차게 해서 마시지 않는 것과 같은 이유로, 싱글 몰트에 얼음을 넣으면 귀중한 향이 달아나 버리기 때문이다. 아무튼 아일레이의 싱글 몰트만을 고집하는 팬들이 많다. 그 독특한 맛과 향에 한번 맛을 들이면 헤어날 수가 없기 때문이다.

나는 호기심에서 섬 주민을 붙들고 이것저것 물어봤다.

"당신은 싱글 몰트 위스키를 매일 마십니까?"

"예스(당연하잖아요)."

"맥주는 별로 안 마십니까?"

"예스(그야 물론이죠)."

"블렌디드 위스키―소위 스카치―는 안 마십니까?"

내가 그런 질문을 하자, 상대방은 다소 어이가 없다는 표정을 지었다. 비유를 하자면, 결혼을 앞둔 자기 누이동생의 용모나 품성에 대해 남이 험담을 늘어놓을 때 지을 법한 표정이었다. "물론 마시지 않아요" 하고 그는 대답했다.

"맛 좋은 아일레이 싱글 몰트가 코앞에 있는데, 왜 일부러

이번 여행에서 맛본 아일레이 위스키

보모어 증류소의 포트 스틸(Pot Still, 기통氣筒이 없는 증류기)

블렌디드 위스키 같은 걸 마신단 말이오? 그건 천사가 하늘에서 내려와 아름다운 음악을 연주하려는 순간에 텔레비전 재방송 프로그램을 트는 거나 마찬가지 아니겠소?"

이것을 신탁神託이라고 부르지 않는다면, 도대체 뭐라고 불러야 한단 말인가?

증류소들의 개성적인 모듬살이

아일레이섬에는 모두 일곱 군데의 증류소蒸溜所가 있다. 나는 이 고장의 작은 펍pub 카운터에서, 이 일곱 증류소에서 제조된 싱글 몰트 위스키를 동시에 마시면서 맛을 비교해보았다. 술잔을 한 줄로 죽 늘어놓고 왼쪽부터 차례로 하나하나 시음해보았다. 기분 좋게 갠 6월의 어느 날 오후 한 시에.

두말할 것도 없이 그건 정말로 행복한 체험이었다. 일생에 여러 번 경험해 볼 수 있는 일은 아니다.

여기서 시음한 아일레이 위스키의 맛을 '알싸하고 감칠

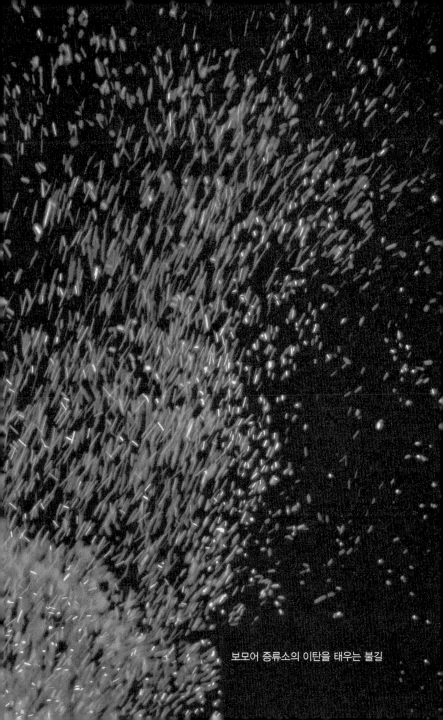
보모어 증류소의 이탄을 태우는 불길

맛 나는' 정도에 따라 순서대로 꼽아 보면 대체로 다음과
같다.

① 아드벡(Ardbeg, 20년, 1979년에 증류)

② 라거부린(Lagavulin, 16년)

③ 라프로익(Laphroaig, 15년)

④ 카리라(Caol Ila, 15년)

⑤ 보모어(Bow more, 15년)

⑥ 브루익라디(Bruichladdich, 10년)

⑦ 브나하벤(Bunnahabhain, 12년)

앞의 것일수록 흙내가 물씬 풍기는 거친 위스키고, 뒤로 갈
수록 차츰 맛과 향이 순하고 부드러워진다. 보모어는 그 중간
쯤 되는데 적당히 균형이 잡혀서, 말하자면 '분수령'이라 할 수
있다. 그러나 맛이 아무리 가벼워지거나 부드러워져도 거기
에는 '아일레이다움'이 각인처럼 또렷이 남아 있다.

가장 와일드한 '아드벡'은 무척 개성이 강하고 매력적이
지만, 날마다 이것만 마시다 보면 조금쯤 지칠지도 모른다.

비유를 하자면, 영혼의 한 가닥 한 가닥까지 모조리 선연하고 극명하게 부각시키는 글렌 굴드의 〈골드베르크 변주곡〉이 아니라, 어스름 속으로 새어 든 빛줄기를 가늘고 섬세한 손끝으로 더듬는 듯한 피터 제르킨의 〈골드베르크 변주곡〉을 듣고 싶어지는 그런 평온한 저녁 무렵에는, 아련한 부케 향이 감도는 브나하벤 같은 걸 혼자 조용히 마시고 싶어질 것이다.

이처럼 작은 섬에서 몇 군데나 되는 증류소가 제각기 개성 있는 '모듬살이'를 하고 있다는 사실에 나는 우선 놀라지 않을 수 없었다. 물론 이론적으로 말하면, 술통을 고르는 법이나 각각의 물의 성질, 이탄의 사용법이나 그 양, 창고에서 술을 익히는 방법이나 정도에 따라 맛의 특성에 상당히 큰 차이가 생길 테지만, 그러한 구체적인 요소 이상으로, 술마다 모두 제각기 삶의 방식이 있고 철학이 있으리라는 생각이 든다. 어느 메이커든 '뭐 대충 이 정도면 되겠지' 하는 안일한 생각은 하지 않는다. 고만고만하게 옹기종기 늘어선 것이 아니라, 제각기 자신이 있어야 할 장소를 지키기 위해 필사적으로 버티고 서 있는 것이다. 증류소마다 나름대로의 증류 레시피recipe를 가지고 있다. 레시피란 요컨대 삶의 방식이다. 무엇을 취하고 무엇을 버릴 것인가에 대한 가치 기준과도 같은 것이다. 무언가를 버리지 않고서는 아무것도 얻을 수 없다.

"눈을 감고 마셔도, 모두들 그게 어떤 위스키인지 한 모금에 정확히 알아맞힐 수 있겠군요" 하고 나는—그런 걸 묻는다는 게 얼마나 덜떨어진 짓인지 알면서도 혹시나 해서—질문해 보았다.

"당연하지" 하고 짐 맥퀴엔은 무표정하게 대답했다. "당연하지."

낭만적인 직업의 소유자 ── 짐 맥퀴엔

짐은 아일레이섬에서 안내를 맡아 준 보모어 증류소의 매니저다. 아일레이 태생. 증조부 때부터 이 보모어 증류소에서 일해왔다. 이 증류소야말로 그에게는 인생이고 우주다. 풍모가 어딘지 모르게 알버트 피니를 닮았다. 곱슬곱슬하고

교외에서 짐 맥퀴엔과 공굴리기 놀이를 하고 있는 하루키

뻣뻣한 머릿결, 푸른 눈동자. 언제나 싱글싱글 웃음 띤 얼굴에 붙임성이 좋고 매우 친절한 데다가 호인이지만, 위스키 이야기만 나오면 순간 눈빛이 진지해진다.

짐은 이 증류소에 들어와서 처음 얼마 동안은 술통 제조 기술자로 일했다. 날이면 날마다 술통만 만들었다고 한다. 지금도 보모어에서는 발효조 목재로 오리건 소나무만을 쓰는데, 보기에도 엄청나게 커서 정말이지 대단한 물건이다. 짐은 젊은 시절에 그 발효조 만드는 일을 거들었다. "그건 정말 힘든 작업이었어" 하고 그는 말한다. 그 발효조는 수십 년 동안, 이렇다 할 말썽 없이 제 몫을 다하고 있다. 물론 짐은 발효조를 자신의 가족처럼 소중히 다루고 있다.

"우리에게 술통이란 정말이지 소중한 거야" 하고 짐은 말한다. "아일레이에서는 술통이 숨을 쉬거든. 창고가 해변에 있어서 술통은 우기 동안 갯바람을 담뿍 머금지. 그리고 건기(6·7·8월)가 되면, 이번에는 위스키가 그걸 술통 속에서 흠뻑 빨아들이는 거야. 그런 과정을 반복하는 동안 아일레이의 독특하고 자연스런 향이 생겨나는 거야. 그리고 그 향기가 사람들의 마음을 부드럽게 어루만져주고 위로해주는 거지."

짐에게 술통 제조 기술을 전수한 그의 스승은 하루에 위스키를 딱 두 잔씩 마셨다. 그보다 많이도 마시지 않고, 그보다 적게도 마시지 않았다. 그러고는 아흔 여덟까지 살았다고 한다.

짐은 말한다. "위스키를 익히는 창고에 가면 말이지, 지금도 한밤중에 그분의 발소리가 들려. 그분 특유의 발소리여서 잘못 들을래야 잘못 들을 수가 없지. 돌아가신 뒤에도 술이 잘 익어 가고 있는지 살펴보고 다니시는 거야."

짐은 6년 간 보모어 증류소에서 술통을 만드는 견습 기술자로 일한 다음 정식으로 술통 제조 기술자가 되었으며, 그 뒤 글래스고로 나가 블렌딩 기술자가 되었다. 30종 이상의 몰트와 그레인을 블렌딩하는 일이다. 이 노하우는 일급비밀이기 때문에 아무에게도 가르쳐주지 않는다. 그리고 블렌딩 기술자는 술을 지나치게 마셔서는 안 된다. 냄새를 제대로 못 맡게 되기 때문이다. 그후 그는 보모어로 돌아왔다.

"내가 위스키 만드는 일을 좋아하는 까닭은 그것이 본질적으로 낭만적인 직업이기 때문이지" 하고 짐은 말한다. "내가 지금 이렇게 만들고 있는 위스키가 세상에 나올 무렵, 어쩌면 나는 이미 이 세상 사람이 아닐지도 몰라. 그러나 그건 내가 만든 위스키거든. 정말이지 멋진 일 아니겠어?"

아일레이다운 맛이란?

한데 '아일레이다운' 맛이라는 건 도대체 어떤 거지? 하고 당신은(아직 아일레이 위스키를 맛보지 못한 당신은) 내게 물을지도 모른다. 그러나 그 퍼스낼리티를 말로 설명하기란 쉬운 일이 아니다. 실제로 마셔보지 않고서는 알기 힘들다. 아니, 마시기 전에 먼저 술잔 위에 코를 대고 그 향을 맡아보아야 한다. 코끝을 약간 톡 쏘는 독특한 향기가 난다. 갯내음이 물씬 풍긴다―라는 게 감각적으로 가까운 표현일지 모르겠다. 일반적인 위스키의 향과는 상당히 다르다. 그 독특한 향이야말로 아일레이 위스키의 기조가 된다. 바로크 음악에서 말하는 통주저음通奏低音, General bass이다. 그 위에 다양한 악기의 음색과 멜로디가 덧씌워지는 셈이다.

그러고 나서 드디어 중요한 맛보기로 들어간다.

한 모금 마시고 나면 당신은 "이게 도대체 뭐지?" 하고 놀랄지도 모른다. 그러나 다시 한 모금 더 마시고 나면 "음, 좀 색다르지만 나쁘지 않은걸" 하고 생각할지도 모른다. 만약 그렇게 느낀다면, 당신은—확률적으로 단언하건대—아마도 세 모금째에는 아일레이 싱글 몰트의 팬이 되고 말 것이다. 나도 똑같은 단계를 밟았다.

'갯내음이 물씬 풍긴다'는 말은 결코 근거 없는 표현이 아니다. 이 섬에는 바람이 많이 분다. 마치 숙명이나 뭐 그런 것처럼 바람이 분다. 그래서 해초 내음을 담뿍 머금은 세찬 바닷바람이 섬에 있는 거의 모든 것들에 선명한 각인을 새겨 놓는다. 사람들은 그것을 '해초향'이라고 부른다. 아일레이에 가면, 그리고 얼마 동안 그곳에 머물다 보면, 당신은 그 냄새가 어떤 것인지 알게 될 것이다. 그 냄새의 정체를 알게 되면, 왜 아일레이 위스키에서 그런 맛이 나는지 체감으로 이해할 수 있을 것이다.

갯바람은 이탄 속에 흠뻑 배어들고, 땅속에 스며든 물속으로(아무튼 비가 자주 내리므로 물은 풍부하다) 이탄이 가진 독특한 냄새가 녹아들게 된다. 푸릇푸릇한 목초 속으로도 매

일같이 갯바람이 불어든다. 소나 양은 그 풀을 먹고 자라며, 그래서 육질 속에 자연의 풍부한 염분이 배어들게 된다고 섬사람들은 주장한다[10].

생굴과 싱글 몰트는 찰떡궁합!

아일레이섬에 가는 사람들에게, 만약 기회가 닿는다면 꼭 생굴을 먹어 보라고 권하고 싶다. 6월은 제철이 아니지만, 그래도 이곳의 굴은 대단히 맛이 좋았다. 다른 고장에서 먹어본 굴과는 상당히 맛이 다르다. 비리지 않고 알이 잘면서도 갯내가 짙다. 매끈하게 생긴 것이 흐물흐물하지 않고 탄력이 있다[11].

---

10. 또한 이 섬의 소나 양은 해초를 즐겨 먹는다. 이건 실제 내 눈으로 목격한 것이기 때문에 확실하다. 썰물이 빠진 해변에서 소나 양들이 부지런히 해초를 먹고 있었다. 좀 이상스러운 광경이었다.

11. 이 부근에서 나는 굴은 맛이 스트레이트하고 짭짤하다고 짐은 말한다. 그러고는 얼마 있다가 "마치 스코틀랜드 사람들의 기질처럼" 하고 덧붙였다.

보모어 증류소 플로어 몰팅의 명인들

"생굴에다 싱글 몰트를 끼얹어 먹으면 맛이 기가 막혀" 하고 짐이 가르쳐 주었다. "그게 바로 이 섬사람들이 굴을 먹는 독특한 방식이야. 한번 먹어보면 도저히 잊을 수가 없지."

나는 그 방법을 실행해보았다. 레스토랑에서 생굴 한 접시와 싱글 몰트를 더블로 주문해서, 껍질 속에 든 생굴에 싱글 몰트를 쪼로록 끼얹어서는 바로 입으로 가져갔다. 으— 음. 정말이지 환상적인 맛이다. 갯내음이 물씬 풍기는 굴맛과 아일레이 위스키의 그 개성 있는, 바다 안개처럼 아련하고 톡톡한 맛이 입 안에서 녹아날 듯 어우러진다. 두 가지 맛이 어느 쪽으로도 치우치지 않고, 본래의 제맛을 지키면서도 절묘하게 화합한다. 마치 전설 속에 나오는 트리스탄과 이졸데처럼. 그런 다음 나는 껍질 속에 남은 굴즙과 위스키가 섞인 국물을 쭈욱 마셨다. 그것을 의식처럼 여섯 번 되풀이한다. 더할 나위 없이 행복한 순간이었다.

인생이란 이토록 단순한 것이며, 이다지도 아름답게 빛나는 것이다.

인생의 시작과 끝은 위스키와 함께

아일레이는 아름다운 섬이다. 집들은 모두 다 아담하고 예쁘장한 데다가, 선명하고 고운 빛깔로 칠해져 있다. 다들 시간만 나면 새로 페인트칠을 하는 모양이다[12]. 목적지도 없이 골목을 빠져나가 어슬렁어슬렁 걷다 보면, 조금씩 마음이 차분해지는 느낌이 든다. 새하얀 갈매기들이 지붕 위나 굴뚝 꼭대기에 내려앉아 가만히 먼 데를 바라보고 있다. 성찰省察과 무의식 사이에 그어진 선 하나를 노려보고 있다. 이따금 무슨 생각이라도 난 듯 날아올라서는, 세차게 부는

---

12. 위스키를 만드는 사람들은 1년 중 6월에서 9월까지는 일거리가 별로 없어서 한가하다. 여름에는 강물의 온도가 올라가서 위스키를 만드는 데 알맞지 않다. 또한 이 시기에 물을 너무 많이 사용하면 유량流量이 줄어들어 산란기에 연어가 강을 오를 수 없게 되기 때문에 증류소도 개점휴업 상태가 된다. 이 기간 동안 사람들은 집 외벽에 새로 페인트칠을 한다. 그 때문에 이 섬에 있는 집들은 늘 산뜻하게 단장되어 있다고 어느 섬 주민이 알려주었다. 바람직한 일이다. 그러나 9월이 되면, 양조 일을 하는 사람들은 즐거운 마음으로 다시 일터로 돌아온다고 한다. "아아, 마침내 집안 페인트칠에서 벗어나게 됐구나" 하면서.

바람 위로 훌쩍 올라탄다.

거리에는 나다니는 사람이 별로 없다. 어쩌다 마주칠 때면 사람들은 생긋 미소 지으며 인사를 한다. 애들이나 노인할 것 없이 모두. 정말로 작은 동네인 셈이다. 거리를 걷다보면 바람이 부는 방향에 따라 발효된 맥아를 곤 때의 그 독특한 냄새가 양조장 쪽에서 풍겨온다. 나는 오사카와 고베의 중간쯤에 자리잡은 고장에서 나고 자란 탓에, 나다[13]의 주조 공장에서 풍기던 그 구수한 냄새를 문득 떠올렸다.

교회 뒤켠의 묘지에는 해난 사고로 목숨을 잃고 신원이 확인되지 않은 사람들의 낡은 묘표가 늘어서 있다. 이름은 쓰여 있지 않다. 사고가 있었던 날의 날짜가 새겨져 있을 뿐이다. 이 부근에는 암초가 많고 해류의 흐름이 빠른 데다가, 날씨도 궂어서 항행에는 늘 위험이 따라다닌다. 서툰 뱃사람은 물론, 이 섬에 사는 숙련된 뱃사람이라도 위험하기는 마찬가지이다. 게다가 제1·2차 세계대전 동안 수많은 격전이 섬 주변 해역에서 벌어졌다. 당시 독일 잠수함의 어뢰

---

13. 일본 효고현의 한 지방. 고급 정종 생산지로 유명하다.

가 수송 선단을 박살냈었다. 며칠이 지나자 무수한 시체들이 아일레이섬 해안으로 떠밀려왔다. 그 음울한 해난 사고는 전설이 되어 대대로 섬사람들 사이에 전해 내려오고 있다. 아일레이섬의 어느 펍에서 당신은 그와 같은 이야기를 듣게 될지도 모른다. 섬에 세워진 작은 기념관에 가면, 연안에서 가라앉은 배를 찍은 사진을 찬찬히 살펴볼 수 있다. 풍요롭고 아름다운 섬이지만, 거기에는 고요한 슬픔과도 같은 것이 떨쳐 낼 수 없는 해초 냄새처럼 끈끈히 배어 있다. 여행을 하면서 언제나 이상하다고 느낀 것이지만, 세상에는 섬의 수만큼 섬의 슬픔이 있다.

 "우리는 장례식에서도 위스키를 마시지" 하고 아일레이섬 사람은 말한다. "묘지에서 매장이 끝나면, 모인 사람들에게 술잔을 돌리고 이 고장에서 빚은 위스키를 술잔 그득 따라주지. 모두들 그걸 단숨에 비우는 거야. 묘지에서 집까지 돌아오는 춥고 허전한 길, 몸을 덥히기 위해서 말야. 다 마시고 나면, 모두들 술잔을 바위에 던져서 깨버려. 위스키 병도 함께 깨버리지. 아무것도 남기지 않아. 그것이 관습이거든."

 아이가 태어나면 사람들은 위스키로 축배를 든다. 그리고 누군가 죽으면, 사람들은 아무 말 없이 위스키 잔을 비운다. 그것이 아일레이섬이다.

각기 다른 개성을 지닌
보모어, 라프로익 증류소

나는 이 아일레이섬에서 보모어와 라프로익 증류소를 견학했다. 똑같이 아일레이라는 작은 섬에 있으면서도, 이 두 증류소는 놀라우리만큼 다른 양식을 지니고 있다.[14] 보모어는 매우 '옛스러운' 제조법을 고수하고 있다. 완고하다고 할까, 아무리 시대가 달라져도 그 방식을 바꾸지 않는다. 물에 불린 보리를 바닥에 펴 늘어놓고 손수 뒤집어가며 발아시

---

14. 섬에 있는 증류소들 사이에는 라이벌 의식이 있다. 모두들 나름대로 자신감을 가지고 술을 만들기 때문에 당연한 일이다. 그러나 동시에 동료 의식이나 연대감이 강하고, 상조相助 정신도 풍부하다. 한 증류소에 트러블이 생기면 만사를 제쳐 두고 달려가 도움의 손길을 내민다. 그것이 아일레이섬의 인의고 관습이다.

보모어 증류소의 플로어 몰팅 과정

키는 플로어 몰팅에서부터, 옛날 그대로의 목제통을 사용한 발효조, 포크리프트를 쓰지 않고 사람의 힘만으로 조심스레 통을 굴려 가며 옮기는 숙성 창고까지. 거기에서 일하는 사람들은 대부분 나이가 많다. 그들은 아일레이에서 태어나 아일레이에서 자랐으며, 아마도 아일레이에서 생애를 마칠 것이다. 그들은 일에 대한 자부심과 기쁨을 느끼며 여기서 일하고 있다. 그것은 표정만 보아도 알 수 있다. 평생 동안 '술통을 두드려 그 소리로 술이 익은 정도를 판별하는 일'을 해온 아저씨들의 손에 들린 나무망치는 3분의 1쯤이 닳아 있었다. 보모어 증류소에서 일하는 사람은 이래저래 80명 가까이 된다. 언제까지고 이런 전통적인(그리고 꽤 비효율적인) 시스템을 현실적으로 유지할 수 있을지 나로서는 알 도리가 없다. 그러나 이러한 방식이 유지되는 한, 그 아름다운 정적은 변함없이 그곳에 깃들어 있을 것이다. 정적을 깨는 것은 바닷가 암벽에 부서지는 파도 소리와 이따금씩 아저씨가 나무망치로 술통을 두드리는 소리뿐이리라.

실제로 마셔보면, 보모어 위스키는 사람의 손에서 전해지는 온기가 느껴진다. 거기에는 "내가 말이지" 하고 나대는 듯한 직접적인 자기 주장은 없다. 한마디로 말해 "이건 이렇다"라는 식의 단정적인 요소는 희박하다. 그 대신 난롯불 앞에서 정겨운 옛 편지를 읽을 때와 같은 고요함과 따사로움, 정겨움이 배어 있다. 번잡한 곳에서 마시기보다는, 낯익은 방에서 늘 쓰던 술잔으로 혼자 차분히 마시고 싶은 술이다. 그러는 편이 훨씬 맛이 살아난다. 슈베르트의 긴 실내악을 들을 때처럼, 눈을 감은 채 호흡을 길게 잡고 음미해야만 한결 깊고 그윽한 맛을 느낄 수 있다.

보모어 증류소의 고전적 방식에 비하면 라프로익[15]의 방식은 훨씬 근대적이다. 전통적인 플로어 몰팅 방식을 쓰기는 하지만, 그 밖의 다른 공정은 대부분 컴퓨터로 제어된다. 발효조는 반짝반짝 윤이 나는 스테인리스 스틸로 되어 있고(이 편이 관리나 수리가 간편하다), 창고 관리도 훨씬 기능적이고 효율적이다. 술 만드는 일의 낭만이라는 것은─적어도 표면적으로는─찾아보기 어렵다. 종업원 수는 딱 21명. 보

---

15. 아주 오래전부터 라프로익은 싱글 몰트로서 병에 담겨 판매되는 유일한 아일레이 위스키였다. 그리고 현재는 공항 면세점에서 가장 잘 팔리는 싱글 몰트로도 유명하다.

모어에 비하면 대단히 효율이 높다. 일하는 사람들의 대부분은 흰 작업복을 입고, 얼굴에는 마스크를 쓰고 있어서 그 속의 표정을 엿보기란 쉽지 않다. 그러고 보면 보모어에서는 아무도 마스크를 쓰고 있지 않았었지. 여기서 생산되는 싱글 몰트의 90퍼센트는 블렌드용으로 팔려 나가고, 나머지 10퍼센트만이 자사 상표가 붙어 팔리고 있다.

아일레이 위스키의 맛을 만드는 사람들

　라프로익 증류소의 매니저인 이안 핸더슨과 이야기를 나눴다. 머리가 조금씩 벗겨지기 시작한, 꽤 모범적인 가장처럼 보이는 사람이었다. 영국 영화에 나오는 성격파 조연 배우 같은 인상이었다. 아일레이 태생은 아니지만, 짐과 마찬가지로 위스키 만드는 일에 평생을 바쳐 온 사람으로 8년 전부터 라프로익에서 일하고 있다. 만나서 처음 얼마 동안은 어색해선지 사무적으로 굴었으나, 위스키에 관한 이야기가 나오자, (짐과는 반대로) 낯빛이 온화해졌다. 페라리를 모

만약 우리의 언어가 위스키라고 한다면
•
64

는 사람이 그 독특한 6단 기어 이야기를 할 때처럼. "90퍼센트를 블렌드용으로 매각하는 게 아깝지 않느냐고? 뭐 그야 그렇지. 싱글 몰트가 맛이 좋다는 건 누구나 아는 사실인걸. 나도 싱글 몰트밖에 안 마시거든."

"우리가 증류 공정에서 적극적으로 컴퓨터를 활용하는 건, 그 편이 훨씬 더 관리에 정확성을 기할 수 있기 때문이지. 우리의 목표는 맛있는 위스키를 시대에 맞게 훌륭히 만드는 거야. 말하자면 늘 새로운 방법을 모색하고 있는 거지. 실은 금세기 중반에 이 양조장을 물려받아 큰 업적을 세운 것은 여성 경영자였어. 여성이 술 만드는 일을 진두지휘한 건 스카치 위스키 역사에서 드문 예지. 하지만 그녀는 이 라프로익 증류소에 대담하게 새로운 방식을 도입했고, 그것이 성공을 거두었어. 말하자면 그러한 진취적 기질이 우리의 전통인 셈이야. 중요한 것은 형식이 아니라 맛이거든." 말투는 시원시원하지만, 이 사람도 나름대로 꽤나 완고한 사람이다. 스코틀랜드인은 모두 어딘지 모르게 나름대로는 완고한 구석이 있다. 이따금 술통을 두드리는 나무망치로 머리를 두드려서 어떤 소리가 나는지 들어 보고 싶은 생각

라프로익 증류소

이 들 지경이다.

그는 말한다. "이렇다 저렇다 말하기 전에 먼저 마셔보라구. 우리들이 하려는 일이 무언지 위스키를 마셔보면 알 수 있으니까."

분명 라프로익에는 라프로익만의 맛이 있었다. 10년 된 위스키에는 그것만이 가지는 완고한 맛이 있었고, 15년 된 위스키에는 15년 동안 숙성된 완고한 맛이 있었다. 모두 다 나름대로 개성이 있고, 사람들의 입맛에 맞추려는 경박한 알랑거림 따윈 느껴지지 않는다. 문장으로 치자면, 어니스트 헤밍웨이의 초기작에서 볼 수 있는, 예리하고 절제된 문체와도 같다. 화려한 문체도 아니고 어려운 단어를 사용하지도 않지만, 진실의 한 측면을 제대로 포착하고 있다. 누구의 흉내도 내지 않는다. 술을 만든 사람의 얼굴이 또렷이 드러난다. 음악으로 말하면, 조니 그리핀이 참여한 셀로니어스 몽크의 4중주. 15년 된 위스키는 존 콜트레인이 참여한 셀로니어스 몽크의 4중주에 가까울지도 모르겠다. 둘 다 놓치기 아까울 정도로 훌륭하다. 그때그때의 기분에 따라 기호가 달라질 따름이다.

"어느 한쪽이 좋다고 할 수는 없겠는데. 둘 다 맛이 훌륭해. 저마다의 성격이 palpable한걸(또렷이 느껴지는걸)" 하고 나는 솔직히 말했다.

그러자 이안은 처음으로 싱긋 웃었다. 그리고는 고개를 끄덕였다. "그렇지, 머리로만 이러니저러니 생각해선 안 되는 거야. 이런저런 설명은 필요 없어. 가격도 상관없어. 대부분의 사람들은 싱글 몰트는 햇수가 오래될수록 맛있다고 생각하지. 하지만 그렇지 않아. 시간이 지나면서 얻는 게 있으면 잃는 것도 있게 마련이거든. 증류를 해서 더해지는 것이 있는가 하면 덜해지는 것도 있어. 그건 다만 개성의 차이에 지나지 않아."[16]

이야기는 거기서 끝난다. 그것은 어떤 의미에서는 철학이고, 어떤 의미에서는 신탁이라 할 수 있다.

---

16. 라프로익에서 받은 팸플릿에는 이렇게 적혀 있었다. "(전략) 모든 공정이 끝나고 이제 기다리는 일만 남았다. 위스키는 대서양에서 불어오는 차고 시원한 바람을 쐬며 참나무통 속에서 10년에 걸쳐 숙성된다. 그 형뻘이 되는 위스키는 거기서 5년이 더 걸린다. 모두 오랜 세월이다. 그러나 기다릴 만한 가치는 있다."

끝으로 하나 더, 보모어 증류소의 짐 맥퀴엔 씨가 말해 준 아일레이적인 철학(신탁).

"모두들 아일레이 위스키의 특별한 맛에 관해 이런저런 자잘한 분석을 하지. 보리의 품질이 어떻다느니, 물맛이 어떻다느니, 이탄의 냄새가 어떻다느니 하고. 분명 이 섬에서는 질 좋은 보리가 나지. 물맛도 훌륭해. 이탄도 풍부하고 향이 좋아. 그건 틀림없는 사실이야. 하지만 그것만으로는 아일레이 위스키의 맛을 설명할 수 없어. 그 매력을 해명할 수가 없는 거지. 가장 중요한 것은 말이지, 무라카미 씨, 가장 나중에 오는 건 사람이야. 여기 살고 있는 우리가 바로 아일레이 위스키의 맛을 만드는 거야. 섬사람들의 퍼스낼리티와 생활양식이 이 맛을 만들어내는 거지. 그게 가장 중요해. 그러니 모쪼록 일본에 돌아가서 그렇게 써주게. 우리는 이 작은 섬에서 정말 좋은 위스키를 만들고 있다고."

그런 연유로 나는 이렇게 글을 쓰고 있다. 마치 신묘한 무녀처럼.

아일랜드

로스크레아의 펍에서,
그 노인은 어떻게 튤러모어 듀를 마셨는가?

수줍고도 온화한 분위기의 아일랜드

극단적인 표현을 빌리자면, 아일랜드를 떠난 후에야 비로소 "아, 아일랜드는 정말 아름다운 나라였구나" 하고 실감한다. 물론 실제로 그곳에 머물러 있는 동안에도 "참 아름다운 곳이로구나" 하고 머리로는 이해할 수 있었지만, 그 아름다움을 뼈저리게 느낄 수 있었던 것은 오히려 그곳을 떠난 뒤였다.

더블린에서 비행기를 타고 바다를 건너 런던의 개트윅 공항에 내려, 런던 시내로 가는 고속도로에서 바라본 수목의 녹음(도쿄에서 오는 길이었다면, 그것만으로도 충분히 전원의 우거진 녹음으로 보이겠지만)은 왠지 몹시 성글고 빈약한 데다가 먼지를 잔뜩 뒤집어쓰고 있는 것처럼 보였다. 얼결에 쓱쓱 눈을 비비고 싶어질 정도였다. 그래서 우리는 "아, 정말이지 아일랜드의 녹음은 얼마나 산뜻하고 드넓고 짙푸르렀던가" 하고 한숨을 쉬며 새삼 깨닫게 되는 것이다.

아일랜드라는 풍토에는 전체적으로 그런, 약간은 수줍은 구석이 있다. 그것은 우리에게—말하자면, 이집트의 피라미드나 그리스의 신전, 혹은 나이아가라 폭포처럼—엄청나게 큰 감동이나 경탄, 혹은 깊은 생각 같은 걸 직접적으로 요구하지 않는다. 어디를 가도 풍경은 아름답지만, 이상하게도 그림엽서처럼 아기자기하게 꾸며 놓은 듯한 느낌은 들지 않는다. 아일랜드의 아름다움이 우리에게 내미는 것은 감동이나 경탄보다는 오히려 위안과 진정鎭靜에 가까운 것이다. 세상에는 입을 열기까지는 다소 시간이 걸리지만, 일단 말문이 트이면 온화한 어조로 몹시 재미난 이야기를 들려주는 사람이 있는데(그리 많지는 않지만), 아일랜드는 그런 느낌이 드는 나라다.

아일랜드를 여행하노라면, 그처럼 온화한 아일랜드적인 나날들이 조용히 우리 앞에 하나하나 쌓여간다. 이 나라에

있으면, 자신도 모르는 사이에 말투나 걸음걸이가 조금씩 느려진다. 하늘을 바라보거나 바다를 바라보는 시간이 차츰 길어진다. 하지만 그것이 실로 다시는 경험하기 힘든 멋진 나날이었음을 사무치게 느끼게 되는 것은 좀더 나중의 일이다.

위스키의 제맛을 느낄 수 있는 비결은 바로 물!

아일랜드를 가장 멋지게 여행하는 방법은 뭐니뭐니해도 렌터카를 빌려, 자신의 페이스대로 한가롭게 시골을 돌아보고 다니는 것이리라. 가능하면 비수기일 때가 좋다. 하루 동안 이동하는 거리도 될 수 있는 대로 짧은 편이 좋다. 여기도 가고 저기도 가고, 하는 식으로 너무 욕심을 부리지 않는 게 좋다. 마음에 드는 장소가 있으면 거기서 발걸음을 멈추고, 몇 시간이라도 멍하니 머물 수 있는 여유로운 페이스가 바람직하다.

딩글 반도의 갤러러스 예배당

미리 숙소를 정하지 말고, 돌아다니다가 마음에 드는 숙소를 골라 묵는다. 그런 곳은 금세 눈에 띈다. 근처에 음식이 맛있을 듯한 레스토랑이나 펍이 있으면 들러서 맥주를 마시고 저녁을 먹는다. 식전이나 식후에 아이리시 위스키를 한 잔—혹은 두 잔이어도 좋지만—마신다.

　　"You need cube?(얼음을 드릴까요?)" 하고 묻는다.

　　"No thanks. With just water, please.(아뇨, 물만 좀 주시면 돼요.)" 하고 대답한다.

　　주인은 "뭘 좀 아는군" 하는 얼굴로 싱긋 웃는다.[17] 그러고는 큼지막한 잔에 아이리시 위스키를 더블쯤 되게 넉넉히 따라 준다(트리플쯤 될 듯도 하다). 술잔 옆에는 물이 담긴 작은 주전자가 딸려 나온다. 물론 수돗물이다. 어설프게 미네랄워터 같은 걸 내놓진 않는다. 수돗물 쪽이 신선하고 훨씬 맛이 좋으니까.

---

17. 좋은 위스키에 얼음을 넣어 마시는 것은 갓 구운 파이를 냉동고에 처박아두는 것과 마찬가지라고 그 고장 사람들은 굳게 믿고 있다. 그러니 아일랜드나 스코틀랜드의 술집에 가게 되면, 될 수 있는 대로 얼음을 주문하지 않는 편이 좋다. 그래야만 적어도 '문명인의 한 사람'으로 대접받을 가능성이 높다.

이 고장 사람들은 대체로 위스키와 물을 반반씩 섞어 마신다(이것은 스코틀랜드의 아일레이섬에서도 마찬가지였다). 아일랜드를 무대로 한 존 포드의 〈아일랜드의 연풍〉[18]이라는 영화를 보면 상대 배우가 베리 피츠제럴드에게 위스키를 권하며 "물을 줄까?"하고 묻자 "난 말이지, 물을 마시고 싶을 땐 물만 마셔. 위스키를 마시고 싶을 땐 위스키만 마시지" 하고 대답하는, 제법 차밍한 장면이 나온다. 하지만 실제로 그렇게 마시는 사람은 오히려 소수파고 물을 조금 타서 마시는 사람이 대부분이다. "그렇게 마셔야 위스키가 제맛이 나거든" 하고 그들은 말한다.

나는 대개 절반은 스트레이트로 마신다. 천성이 인색한 탓인지, 맛있는 것을 물 같은 걸로 묽게 해서 마신다는 게

---

18. 나는 뭔가 언짢은 일이 있을 때면, 늘 〈아일랜드의 연풍〉 비디오를 본다. 그래서 (당연한 일이지만) 꽤 여러 번 이 영화를 보았다. 몇 번을 보아도 근사한 영화라는 생각이 든다. 영화를 보고 있으면 뒤틀린 심사가 차츰 가라앉는 걸 느낄 수 있다. "그렇지, 이런 하찮은 일로 열받을 거 뭐 있어" 하는 생각이 든다. 그래, 앞으로도 꿋꿋하게 살아가는 거야, 하고 스스로 다짐하게 된다. 아일랜드는 어디를 가더라도 〈아일랜드의 연풍〉처럼 아름답고 여유로운 풍경이 펼쳐져 있어서 아주 유쾌했다.

아일랜드 어데어

아깝다는 생각이 들어서, 결국 반쯤은 물을 타지 않고 그대로 마셔버린다. 그러고 나서 잠시 쉬었다가 술잔에 물을 붓는다. 그러고는 술잔을 크게 한 번 돌려 준다. 물이 위스키 속에서 천천히 회전한다. 맑은 물과 고운 호박 빛깔의 액체가 비중의 차이로 인해 잠시 동안 뱅그르르 소용돌이치다가 이윽고 서로 녹아든다. 이 순간은 또 이 순간 나름대로 근사하다.

식전·식후에 어울리는
아이리시 위스키에 대한 나의 생각은……

대체로 4시쯤에는 목적지에 도착해서 숙소에 들고 싶다. 샤워를 하고 홀연히 근처에 있는 펍으로 들어선다. 저녁 식사 전에 먼저 흑맥주 1파인트를 마실 필요가 있다. 펍은 하루 중 이맘때가 가장 한가롭다. 그래서 대부분의 가게는 텅 비어 있다. 주인은 무료함을 달래려고 신문을 읽거나 텔레비전을 보고 있다. 만약 그 고장에 대한 정보를 얻고 싶다면

그에게 말을 걸어보면 된다. 어느 레스토랑이 가장 맛있습니까, 이 근처에 명소가 있나요, 하고. 아마도 친절하게 대답해줄 것이다.

맛있는 맥주를 마시고 잠시 쉰 다음, 하릴없이 동네를 산책하면서, 가게 같은 데를 여기저기 들여다보며 괜찮은 레스토랑을 물색한다. 슬슬 배도 고파온다. 여행에서 가장 즐거운 한때다. 6시 반쯤 되면 그럴듯한 가게에 들어가 자리를 잡고 앉아 메뉴를 받아들고는 자, 그럼 무얼 먹지, 하고 검토에 들어간다.

식사 때에는 대개 와인을 주문하지만[19], 먼저 아이리시 위스키로 시작해도 좋고, 혹은 위스키는 식후로 돌려도 상관없다. 아니면 식후에는 풍부한 맛을 느낄 수 있는 아이리시 커피를 한 잔 마시는 것도 괜찮은 방법이다. 이 순서를 어떻게 정할지 판단하기란 꽤나 힘이 든다(그렇다고 해서 일일이 고지식하게 고민할 필요도 없지만). 아무튼 여행을 하면서 매일 그

---

19. 아일랜드에서는 와인을 거의 생산하지 않지만 수입 와인이 많이 들어와 있어서 레스토랑마다 와인 리스트가 꽤 충실하며, 사람들은 보통 와인을 마시면서 식사를 한다.

런 자잘한 것들을 생각한다. 이걸 저쪽에다 갖다 놓고, 저걸 이쪽으로 당겨 오고 하면서. 이건 이래서 안 되고 또 저건 저래서 안 되고, 뭐 그런 생각을 하면서.

내 개인적인—어디까지나 개인적인—기호로 정한다면, 식전에 어울리는 아이리시 위스키는,

제임슨Jameson
튤러모어 듀Tullamore Dew
부시밀스Bushmills

정도이고, 식후에 어울리는 것은

패디Paddy
파워즈Power's
부시밀스 몰트Bushmills Malt

정도가 아닌가 싶다[20]. 간추려 말하면, 앞의 세 가지는 '알싸하고 감칠맛 나는' 종류고, 뒤의 세 가지는 '순하고 부드러운' 종류다. 그러나 물론 둘을 뒤바꿔 '순하고 부드러운' 것을 식전에, '알싸하고 감칠맛 나는' 걸 식후에 마신다고 해도 트집잡을 사람은 없다. 특별한 규정이 있는 건 아니다. 다만 기호의 문제다.

---

20. 아일랜드에는 이들 여섯 브랜드의 위스키가 존재하는 셈인데, 현재 그 대부분은 공동 증류소에서 생산된다. 본래는 지방마다 독립된 증류소에서 증류되었으나, 스카치 위스키에 밀려 맥을 못 추는 아이리시 위스키의 기반을 재정비하기 위해, 경제 효율의 관점에서 합종연횡合從連衡을 통해 '아이리시 디스틸러리즈Irish Distilleries, 아일랜드 증류주 제조업자 협회'라는 이름 아래 제조 과정을 통합했다. 독립된 영세 증류소 단위로는 경영이 불가능해졌기 때문이다. 물론 브랜드마다 원료 조합은 다르다. 증류기는 서로 순서를 달리하여 사용되며, 술통의 재질이나 숙성 방법에도 차이가 있다. 따라서 완성된 맛은 전혀 다르다. 가장 규모가 큰 미들튼 디스틸러리를 견학했는데, 공장은 컴퓨터화되어 있어서 얼른 보기에도 생산 효율이 높을 듯했다. 또한 광고에도 주력注力하고 있다. 이에 힘입어 최근 들어 아이리시 위스키는 세계 시장에서 급속도로 재평가되고 있다. 그러나 솔직히 말해서 공장을 아무리 둘러보아도 별 재미가 없었다. 인간미라는 게 느껴지지 않았기 때문이다.

아일랜드인은 이중인격자?

내가 코크 공항에서 빌린 차는 닛산 '아르메라'라는 자동차였다. 프론트 디자인은 조금 다르지만, 크기로 본다면 일본에서 말하는 '서니'쯤 되리라. 빌렸을 때에는 솔직히 말해서 "뭐야, 서니야?" 하고 다소 실망했지만(서니 렌터카는 이제껏 몇 번 타본 적이 있었기에), 실제로 운전하며 여행을 해보니, 생각보다 훨씬 신나는 드라이브였다.

매뉴얼 기어로 기어 비比를 조정해놓았는지, 힘껏 회전을 넣어 가볍게 다음 기어로 넘어가는 유럽식 운전이 가능하도록 되어 있었다. 마력馬力이 얼마 되지 않는 엔진을 그런 식으로 리드미컬하게 조절하면서, 녹음이 우거진 시골길을 경쾌하게 달리다 보니, "으음, 나는 지금 살아 있구나" 하고 실감했다. 똑같은 '서니' 렌터카라도 미국이나 일본에서 빌린 오토매틱 차종(이것은 단지 이동 수단일 뿐이다)과는 전혀 분위기가 달랐다.

그러나 내가 아일랜드를 드라이브하면서 가장 놀란 것은 사람들이 모두 무섭도록 속도를 내어 차를 달린다는 것이

었다. 자동차 두 대가 겨우 지나갈 수 있는 좁디좁은 시골길을 그곳 사람들은《달려라 메로스》[21]처럼 쌩쌩 내닫는다. 나도 꽤 속도를 내고 있었으나, 그래도 자꾸만 뒤차에게 추월을 당하고 만다. 그것도 BMW나 포르셰에게 추월을 당한다면 이해가 되지만, '간신히 굴러간다'고밖에 할 수 없는 몇 세대나 된 조그만 차에게 계속 추월을 당하는 것이었다. 추월을 못하는 산길 같은 데서도 앞지르지 못해 뒤차가 안달을 한다. 보통 때 동네에서 만나는 아일랜드 사람들은 대부분 웃음 띤 얼굴에 무척 친절하지만, 일단 핸들을 잡으면 인격이 변해버리는 모양이다.

---

21. 일본 소설가 다자이 오사무의 소설. 폭군 디오니스에게 맞서다가 죽임을 당하게 된 메로스는 친구인 세리눈티우스를 대신 인질로 잡혀 놓고 누이동생의 결혼식을 치르기 위해 사흘의 말미를 얻는다. 결혼식을 마치고 오는 길에 메로스는 온갖 장애를 만나고, 약속한 시간에 도착하지 못할 위기에 처한다. 메로스는 질풍처럼 달린다. 결국 메로스는 친구를 구하고, 이에 감화된 디오니스는 인간에 대한 신뢰를 회복한다는 이야기다.

펍마다 다른 얼굴을 가진 것은…… 흑맥주!

다시 술 이야기로 돌아가서, 아무래도 아일랜드이다보니 위스키뿐만 아니라 흑맥주 맛 역시 훌륭하다. 아일랜드에서 펍에 들르면, 가게마다 흑맥주 맛이 전혀 다르다는 데 먼저 놀라게 된다. 맥주를 보관하는 온도가 다르고, 따르는 법이 다르고, 술잔이 다르고, 거품 모양이 다르다. 그러한 차이가 집적되어 결국 똑같은 맛을 가진 맥주는 하나도 없게 되는 셈이다. 그 맛은 때때로 잉그리드 버그만의 미소처럼 은근하고 크리미creamy한 것이 되기도 하고, 모린 오하라의 입술처럼 하드hard한 긴장감이 감돌기도 하고, 혹은 로렌 바콜의 눈동자처럼 하염없는 쿨cool함을 내비치기도 한다(맥주의 맛을 설명하는 데 여배우를 끌어다 붙이는 것은 적절한 비유가 못 되는 것 같지만).

요컨대 거기에는 '이것이 옳다'라는 식의, 소위 말하는 보관법의 정석은 없다. 펍의 주인이 "우리 가게에선 말이지, 이게 올바른 방법인 거야" 하고 생각하면, 그것은 국지적으로는 고스란히 옳은 것이 된다. 그런 까닭에 아일랜드라는 세계에서는 무수한 펍적 정의가 병립적으로 존재한다. 이렇게 인구가 적은 나라에서 이토록 펍이 많은데도 용케 운영이 된다는 게 나로서는 놀랍기 그지없지만, 그래도 다들 장사가 되는 걸 보면 신통한 노릇이다. 모두들 어지간히도 술을 마시는 모양이다. 그리고 모두들 그만큼 기호가 분명한 모양이다.

심오한 공간―펍에서 느끼는 즐거움

나는 아일랜드를 여행하면서 기회가 닿으면 낯선 고장의 펍에 들리곤 했는데, 그때마다 그 가게만의 독특한 '일상적 이야기'를 한껏 즐길 수 있었다. 길을 가다가 문득 눈에 띈 숲속으로 들어가서는, 나무 등걸에 걸터앉아 가슴 가득 숲의 기운을 들이마시는 그런 느낌이었다. 숲에는 저마다 그 숲의 냄새가 있다. "이 고장의 펍에는 과연 어떤 사람들이 모여들며, 어떤 맥주가 나올까?" 하는 것이 내게 있어서는

로스크레아의 거리

딩글가街의 펍

하루가 끝나 갈 무렵에 맛보는 자그마한 즐거움이었다.[22]

펍이란 꽤 심오한 곳이다. 말하자면, '율리시즈' 적으로 심오하다. 비유적으로, 우화적으로, 단편적으로, 종합적으로, 역설적으로, 호응적으로, 상호 참조적으로, 켈트적으로, 전 세계적으로 심오하다.

로스크레아의 펍에서 만난 노인

로스크레아라는 아일랜드 중부의 자그마한 마을에 묵을 때, 호텔 근처에 있는 펍에 들른 적이 있다. 밤 9시쯤, 가벼운 식사를 마친 뒤 무료함을 달래려고 책이라도 읽으며 한

---

22. 펍에서 한 번쯤 켈트 음악을 마음껏 들어보고 싶었으나, 대부분의 지방에 있는 펍에서는 한밤중이 다 되어서야 음악 연주를 시작하기 때문에, 일찍 자고 일찍 일어나는 습관을 가진 나로서는 유감스럽게도 그때까지 깨어 있을 수가 없었다. 커서 어른이 되면(이 말은 농담이지만) 한 번쯤 밤을 새워 연주를 들어 봤으면 하는 게 내 바람이다.

잔할 참이었다. 가게는 몹시 북적대고 있었다. 내가 카운터에 앉아 부시밀스를 시키고 홀로 술잔을 기울이고 있는데, 일흔쯤 돼 보이는 남자가 역시 혼자 가게로 들어왔다.

백발에 양복을 반듯하게 차려입고 넥타이를 매고 있었다. 양복이나 셔츠, 넥타이 할 것 없이 모두 절도 있고 청결해서 흐트러진 구석이란 찾아볼 수가 없었다. 그러나 가까운 데서 자세히 살펴보니 감출 수 없는 피폐의 색조가 옷감 여기저기에 드러나 있음을 알 수 있었다. 물론 그 양복이며 셔츠며 넥타이가 나름대로 멋진 광택을 발하던 날들도 있었으리라. 하지만, 그 빛나는 나날들이 지미 카터가 미국 대통령으로 취임하기 이전 시대에 속할 것이라는 데는 얼마쯤 돈을 걸 수도 있다. 물론 내기가 성립한다는 전제하의 이야기지만…….

연령으로 보아도, 벌써 은퇴를 했을 나이라는 걸 추측할수 있었다. 예전에 어떤 직업을 가지고 있었을까, 하는 걸 상상하기란 쉽지 않다. 그리 높은 지위는 아니었으리라는 건 대충 짐작이 갔다. 분위기로 알 수 있다. 그러나 거기에는 한정된 의미에 있어서의 경의敬意의 그림자가 전혀 엿보이지 않는 것도 아니다. 작은 지방 은행의 경리 일―그런 것쯤 될지도 모른다. 혹은 장의업자? 그런 생각을 가지고 보니, 그도 그럴 법하다. 몸집은 작았다. 말랐다고는 할 수 없지만, 뚱뚱하지도 않다. 안경은 안 썼다. 등뼈가 곧다. 하지만 그는 왜 밤 9시에 이처럼 단정한 차림새로 펍에 온 걸까?

그는 내 옆에 서서(나는 스툴에 앉아 있었다), 카운터에 한쪽 팔을 올려놓고 닭 모양을 한 풍향계의 꼬리 위치를 확인하는 듯한 눈초리로 바텐더를 보았다. 젊은 바텐더는 몹시 바쁜 듯이 움직이고 있었다. 하는 수 없다. 그는 옆에 있는 나를 보고 빙긋 미소를 지어 보였다. 나도 미소 지었다. 그는 얼마 있다가 바텐더와 눈이 마주치자, 호주머니에서 동전을 꺼내어 카운터에 올려놓았다. 짤그랑, 하는 기분 좋은 소리가 났다. 아마도 정확한 금액을 미리 호주머니 속에 준비해왔으리라.

바텐더는 정확히 자로 잰 듯한 짧고 간결한 미소를 짓더니 거꾸로 매달아 둔 병 가운데서 튤러모어 듀를 큼지막한 술잔에 따라 종이로 된 코스터와 함께 그의 앞에 놓더니, 제대로 헤아리지도 않고 돈을 가지고 가버렸다. 그러는 동안 바텐더는 한마디도 하지 않았고 남자 역시 아무 말이 없었다. 아마도 그것은 밀물과 썰물처럼 이 장소에서 수도 없이 반복되어 온 두 사람 사이의 습관적인 행위인 듯했다. 그렇게 보는 것이 정상적인 추론이었다. 텔레파시라든가 뭐 그런 특수한 뉴에이지New Age적인 통신 수단을 쓰고 있지 않는 한, 그런 결론에 도달하게 된다.

노인은 위스키 잔을 손에 들고 조용히 입으로 가져갔다. 물은 타지 않았다. 입가심으로 물이나 맥주를 마시지도 않았다. 가게 안은 몹시 북적거렸지만, 거의 신경 쓰지 않는 눈치였다. 대부분의 사람들이 그러하듯이, 돌아서서 카운터에 기댄 채로 가게 안을 빙 둘러보거나 하지도 않았다. 그곳에 존재하는 것은 그의 손에 들린 위스키 잔뿐이었다. 만일 펍에 그 사람 말고 손님이 아무도 없었다고 해도, 그는 전혀 개의치 않았을 것이다.

내가 보기에, 그는 얘기 상대나 아는 사람을 만나러 이 펍에 오는 건 아닌 듯했다. 알고 지내는 사람이 있는지 어떤지 그것조차 미심쩍었다. 그러나 단 하나, 내가 확신을 가지고 단언할 수 있는 것이 있었다. 그것은 바로 그가 그 순간 완전히 긴장을 풀고 휴식을 취하고 있었다는 사실이다. 긴 인

딩글의 바. 옆의 사진도 같은 장소다.

왼쪽에서부터
브랜단 베한,
조이스,
오스카 와일드

생을 살아가는 동안, 몸도 마음도 이토록 느슨하게 풀어져 있는 사람을 만날 기회는 그리 흔치 않을 것이다―라고 말할 수 있을 정도로 그는 느긋했다.

얼추 12분에 걸쳐서(물론 꼼꼼히 시간을 잰 것은 아니므로, 이건 어디까지나 대략적인 것이지만), 그는 그 위스키를 마셨다. 한 모금 마시고 뭔가를 생각하고, 또 한 모금 마시고는 뭔가를 골똘히 생각했다. 그가 무엇을 생각하는지 물론 나로서는 알 도리가 없다. 코드를 잡는 버드 파웰의 왼손의 리듬이 만년에 들어 간간이 느려지는 것이 의식적인 건지, 아니면 단순히 기술적인 원인에서 비롯된 건지에 관해 생각하고 있는지도 모른다. 어젯밤 마이크 타이슨이 라스베가스의 링 위에서 대전 상대의 귀를 물어뜯은 것은 감량으로 인한 스트레스와 무슨 관련이 있는 건 아닌가, 하는 고찰을 하고 있는지도 모른다. 무슨 생각을 하고 있는지 알 수가 없다. 그러나 아무튼 그는 튤러모어 듀를 마시는 동안 무언가를 열심히 생각하고 있었으며(어쩌면 뭔가를 열심히 생각하면서 틈틈이 튤러모어 듀를 마시고 있었으며), 아무튼 그건 형이상形而上적인―혹은 반反프랙티컬한―사물이나 현상에 대한 면밀하고

로스크레아의 바에서, 개의 이름은 기네스다.

도 실증적인 고찰처럼 내게는 느껴졌다. 왠지.

그러는 동안 나는 이안 맥킬버니라는 스코틀랜드 작가의 소설《토니 베이치 이야기》를 드문드문 읽고 있었는데, 그가 신경이 쓰여서 제대로 읽히지가 않았다.

그러나 이윽고 그는 술잔을 비웠다. 썰물 때가 되면, 후미진 해변까지 들어찬 바닷물이 어김없이 빠지듯이. 술잔이 완전히 비워진 것을 확인하자, 그는《이상한 나라의 엘리스》에 나오는 토끼처럼 흘끗 손목시계에 눈길을 주더니, 다시 내 얼굴을 보고 싱긋 웃음을 지어 보였다. 나도 하는 수 없이 웃음을 지어 보였다. 그의 얼굴에는 만족스런 빛이 감돌았다. 아무튼 잘된 일이다. 그러고 나서 그는 카운터 위에 올려놓았던 왼팔을 천천히 내리더니, 사람들 사이를 지나 빠른 걸음으로 가게를 빠져나갔다.

그가 떠나 버린 공간에는 잠시 동안 부조리한 틈새 같은 것이 남겨져 있었다. 뭐랄까, 논리적으로 해소될 수 없는 화음의, 다소 안정감이 없는 잔향殘響과도 같은 것이……. 하지만 그것도 수면의 파문波紋이 잦아들 듯 서서히 희미해지더니 마침내 사라지고 말았다.

두 곳 다 켄메어

여행의 또 다른 하루 속으로

이윽고 나도 술잔을 비웠다. 나는 호텔 방으로 돌아가서는 조그만 침대로 느릿느릿 기어들어가, 아무것도 생각하지 않고 눈을 감았다. 내 머릿속에는 펍의 소란스러움과, 유행에 뒤떨어진 양복을 입은 노인의 미소와, 부시밀스 위스키의 뒷맛이 아직 조금 남아 있었다. 하지만 잠들기까지는 그리 오랜 시간이 걸리지 않았다. 여행에서 오는 기분 좋은 피로와 아이리시 위스키의 알맞은 취기로 인해, 나는 따뜻한 꿈나라 속으로 빨려들어 갔다. 잠에서 깨어보니, 아일랜드의 여름 햇살이 온 방에 가득했고, 식당에는 뜨거운 커피와 따끈한 아이리시 브렉퍼스트가 마련되어 있었다. 그리고 나는 여행의 또 다른 하루 속으로 한발을 내딛고 있었다.[23]

---

23. 아일랜드의 아침 식사는 매우 맛있다. 다 못 먹을 만큼 양이 많아서 점심 식사를 거르면(그대신 흑맥주를 한 잔 마셨다) 딱 좋을 정도다. 메뉴로는, 따끈한 포리지porridge, 오트밀에 우유나 물을 넣어 만든 죽와 살구, 갓 구운 스콘과 토스트, 가게에서 직접 만든 소시지와 포치드 에그porched egg, 뜨거운 물에 달걀을 깨어 넣은 요리, 그리고 커피, 더할 나위 없이 근사한 메뉴다.

양복을 깔끔하게 차려입은 그 몸집이 작은 노인은 지금도 그 펍의 카운터에서 튤러모어 듀 술잔을 기울이며 여전히 뭔가에 관해 진지한 생각을 하고 있을 거라고 나는 확신한다. 나는 그 광경을 선명하게 떠올릴 수 있다.

그 모습을 실제로 눈앞에서 보고 있는 동안에는 별달리 이상한 정경이란 생각은 하지 않았지만…….

아일레이섬에 있는 보모어 증류소의 짐 맥퀘엔과 친해진후, 교외의 들판에 나가 함께 공굴리기 놀이를 했다. 그런 다음 대낮부터 이런저런 이야기를 주고받으며 술을 마시고, 산을 넘어 후미진 해변으로 바다표범을 보러 갔다(유감스럽게도 그날은 바다표범이 나와 있지 않았지만). 돌아오는 길에 짐이 "이거 받아" 하면서 21년 된 보모어 위스키 한 병을 선물로 주었다. 최고급품이다. "도쿄로 돌아가거든, 20세기의 마지막 날 밤에 21세기를 기념해 이걸 따서 마시면 좋을 거야. 마실 때 이 섬에 관한 일을 기억해줘" 하고 그는 말했다. 그럴 작정으로 집에 고이 모셔 두고 있다. 다른 사람이 마실까

봐 선반 깊숙이 숨겨두었다. 분명 기막힌 맛이리라.

하지만 내가 경험한 바로는, 술이라는 건 그게 어떤 술이든 산지産地에서 마셔야 가장 제맛이 나는 것 같다. 그 술이 만들어진 장소에 가까우면 가까울수록 좋다. 물론 와인이나 정종도 마찬가지다. 맥주 역시 그러하다. 산지에서 멀어질수록 그 술을 구성하고 있는 무언가가 조금씩 바래지는 듯한 느낌이 든다. 흔히 말하듯이, "좋은 술은 여행을 하지 않는" 법이다. 수송이나 기후의 변화에 따라 실제로 맛이 변하는 수도 있을 것이다. 혹은 그 술이 일상적인 실감으로 조성되어 음용飮用되는 환경을 상실하게 됨으로써, 거기에 들어 있는 향이 미묘하게, 어쩌면 심리적으로 변질되어버리는 경우도 있을 것이다.

도쿄의 바에서 싱글 몰트를 마신다. 내가 자주 가는 바에는 오래된 싱글 몰트 병이 죽 진열되어 있어서, 좋아하는 것을 직접 골라 마실 수 있다. 그것은 꽤 근사한 위스키들이다. 이제는 구하기 힘든, 제법 진귀한 라벨들을 바라보고 있는 것만으로도 기분이 유쾌해진다. 하지만 위스키를 마시면서 내가 늘 머릿속에 떠올리는 것은 저 스코틀랜드의 작은 섬

풍경이다. 내게 있어서 싱글 몰트의 맛은 그 풍경과 깊이 연관되어 있다. 바다에서 부는 거센 바람이 파릇파릇한 풀섶을 어루만지며 나지막한 언덕을 뛰어오른다. 난로에는 이탄이 부드러운 오렌지 빛깔을 내며 타고 있다. 알록달록 산뜻한 빛깔을 띤 지붕마다 흰 갈매기가 한 마리씩 내려앉아 있다. 그러한 풍경과 결부되면서, 술은 내 안에서 본연의 향을 생생하게 되찾아간다.

아이리시 위스키도 마찬가지다. 어디선가 제임슨이나 튤러모어 듀를 입에 댈 때마다, 아일랜드의 작은 마을에서 들렀던 여러 펍을 떠올린다. 그곳에 깃들어 있던 친밀한 공기와 사람들의 얼굴이 머릿속에 되살아난다. 그러고 있노라면 내 손 안에 쥐어진 술잔 속에서 위스키는 조용히 미소 짓기 시작한다.

그럴 때면, 여행이라는 건 참 멋진 것이구나, 하는 생각이 새삼스레 든다. 사람의 마음속에만 남는 것, 그렇기에 더욱 귀중한 것을 여행은 우리에게 안겨 준다. 여행하는 동안에는 느끼지 못해도, 한참이 지나 깨닫게 되는 것을. 만약 그렇지 않다면, 누가 애써 여행 같은 걸 한단 말인가?

후기를 대신하여
•

위스키 테마 여행의 맛과 멋

저자가 후기에서 말한 것처럼, 이 책을 번역하는 동안 나는 여행이라는 것이 참으로 소중하고 보람된 삶의 체험임을 어렴풋이나마 깨닫게 되었다. 그리고 술 한 방울 입에 대지 않는 나도 하루키가 맛본 그 알싸하고 은은한 위스키의 풍미에 흠뻑 취하고 싶다는 충동에 빠져들곤 했다.

이윤정

이 글을 읽다 보면, 술을 전혀 마시지 못하는 독자라도 위스키 한 잔의 풍미에 흠뻑 취하고 싶은 충동에 사로잡히게 될지도 모른다. 하루키 기행문에는 빡빡한 일상에 매몰된 우리의 무뎌진 감성을 휘저어 놓는 마법이 숨겨져 있기 때문이다.

하루키처럼 여행을 좋아하고 즐기는 작가는 그리 흔치 않을 것이다. 그는 일본에 머물러 있는 시간보다도 훨씬 많은 시간을 해외에서 보낸다고 한다. 그는 6개월이고 1년이고 해외로 떠돌다가 돌아와, 몇 달 혹은 1, 2년 동안 집안에 틀어박혀 소설을 써낸다. 그의 연작소설《신의 아이들은 모두 춤춘다》도 오랜 해외여행에서 돌아와 쓴 작품이라고 한다.

또한 그는 해외여행을 하는 동안 여러 호텔을 전전하며 소설을 쓰기도 하는데, 출간된 지 수십여 년이 지난 지금도 여전히 세계적인 베스트셀러로 꼽히는《상실의 시대》(원제: 노르웨이의 숲)도 그렇게 쓰여졌다는 사실을, 하루키 애독자라면 모르는 이가 없을 것이다.

하루키가 그처럼 해외여행을 자주 하는 까닭은, 일본이라는 사회적 배경이나 문학적 풍토에서 벗어나, 국적을 초월한 범인간적인 작품을 쓰고 싶어하기 때문일 것이다.

하루키는 여행을 할 때면, 으레 테마를 정하고 떠난다고 한다. 이 책의 〈머리말〉에서 그는 이렇게 적고 있다.

"어떤 여행이라도 많든 적든 간에 나름대로의 중심 테마 같은 것이 있다. 시코쿠에 갔을 때는 매일 죽어라 하고 우동만 먹었으며, 니가타에서는 대낮부터 알싸하고 감칠맛 나는 정종을 실컷 마셨다. (중략) 토스카나와 나파 밸리에서는 인생관에 변화가 생길 만큼 엄청난 양의 맛있는 와인을 배 속으로 밀어 넣었다. 어찌 된 영문인지 독일과 중국을 여행할 때는 동물원만 돌아보고 다녔다."

스코틀랜드와 아일랜드로 떠난 이번 여행의 테마는 '위스키'였다. 위스키를 세계 최초로 양조한 이 두 고장을 찾은 까닭은, 어떤 술이든 그 술이 빚어지는 고장에서 마셔야만 본연의 맛을 즐길 수 있기 때문이 아닐까.

"술이라는 건 그게 어떤 술이든 산지産地에서 마셔야 제맛이 나는 것 같다. 그 술이 만들어진 장소에 가까우면 가까울수록 좋다. 물론 와인이나 정종도 마찬가지다. 맥주 역시 그렇다. 산지에서 멀어질수록 그 술을 구성하고 있는 무언가가 조금씩 바래지는 듯한 느낌이 든다. 흔히 말하듯이, '좋은 술은 여행을 하지 않는' 법이다."

그런 믿음이 하루키로 하여금 스코틀랜드와 아일랜드를 찾아나서게 한 것이다.

"수송이나 기후의 변화에 따라, 혹은 그 술이 지닌 일상적인 실감으로 조성되어 음용飮用되는 환경을 상실하게 됨으로써, 거기에 들어 있는 향이 미묘하게, 어쩌면 심리적으로 변질되어 버리는 경우도 있을 것이다. 그렇기 때문에 술은 그 산지에서 마셔야만 제맛을 음미할 수 있다."

애주가라면 누구나 수긍할 수 있는 대목일 것이다. 싱글 몰트의 맛은 위스키의 명산지인 스코틀랜드의 작은 섬 아일레이의 독특한 풍토에 밀접하게 결부되어 있다고 말할 수 있다.

"바다에서 부는 거센 바람이 파릇파릇한 풀섶을 어루만지며 나지막한 언덕을 뛰어오른다. 난로에는 이탄이 부드러운 오렌지 빛깔을 내며 타고 있다. 알록달록 산뜻한 빛깔을 띤 지붕마다 흰 갈매기가 한 마리씩 내려앉아 있다. 그러한 풍경과 결부되면서, 술은 내 안에서 본연의 향을 생생하게 되찾아 간다."

여행지의 아름다운 풍경만큼이나 유려한 문체로 읊어 내는 하루키의 위스키 송頌을 듣고 있으면, 우리의 메마른 서정에 촉촉이 물이 오르는 것을 느낄 수 있다. 여행을 다녀온 하루키가 아이리시 위스키를 마시며 아일랜드의 작은 펍을 떠올리고는, "그곳에 깃들어 있던 친밀한 공기와 사람들의 얼굴이 머릿속에 되살아난다. 그러고 있노라면 내 손 안에 쥐어진 술잔 속에서 위스키는 조용히 미소 짓기 시작한다"고 말하는 대목을 읽노라면, 우리의 가슴은 왠지 모를 아련한 향수에 젖어든다.

이 책의 일본판 표지에는 '만약 우리의 언어가 위스키라고 한다면'이라는 원제가 표지를 다 메울 만큼 큼지막한 활자로 찍혀 있다. 저자가 이런 제목을 붙인 까닭은, 〈머리말〉속에 나오는 다음 구절에서 짐작할 수 있다.

"만약 우리의 언어가 위스키라면, 이처럼 고생할 일은 없었을 것이다. 나는 잠자코 술잔을 내밀고 당신은 그걸 받아서 조용히 목 안으로 흘러 넣기만 하면 된다. 너무도 심플하고, 너무도 친밀하고, 너무도 정확하다. 그러나 유감스럽게도 우리의 언어는 그저 언어일 뿐이고, 우리는 언어 이상도 언어 이하도 아닌 세상에 살고 있다. 우리는 세상의 온갖 일들을 술에 취하지 않은, 맨 정신의 다른 무엇인가로 바꾸어 놓고 이야기하고, 그 한정된 틀 속에서 살아갈 수밖에 없다. 그러나 예외적으로 아주 드물게 주어지는 행복한 순간에 우리의 언어는 진짜로 위스키가 되기도 한다"

그러고 나서 그는 이렇게 부연한다.

　"우리는—적어도 나는—늘 그러한 순간을 꿈꾸며 살아간다. 만약 우리의 언어가 위스키라면, 하고"

"만약 우리의 언어가 위스키라면"이라는 가정법적 표현에서 우리는, 위스키의 실감實感을 언어라는 기호 체계가 환기시키는 무미건조한 심상으로밖에 전달할 수 없는 삭막한 현실에 대한 하루키의 안타까운 심경을 엿볼 수 있다.

저자가 후기에서 말한 것처럼, 이 책을 번역하는 동안 나는 여행이라는 것이 참으로 소중하고 보람된 삶의 체험임을 어렴풋이나마 깨닫게 되었다. 그리고 술 한 방울 입에 대지 않는 나로서도, 하루키가 맛본 그 알싸하고 은은한 위스키의 풍미에 흠뻑 취하고 싶다는 충동에 빠져들곤 했다.

옮긴이로서의 내 작은 바람은, 이 작품이 테마여행의 즐거움과 보람을 일깨워 주는 좋은 책으로서, 하루키 애독자나 애주가를 비롯한 여러 독자분들께 두루 읽혔으면 하는 것이다. 마지막으로 〈후기를 대신하여〉에 실린 글귀를 빌어, 여행에 관한 하루키의 간곡한 메시지를 전하고자 한다.

"사람의 마음속에만 남는 것, 그렇기에 더욱 귀중한 것을 여행은 우리에게 안겨 준다. 여행하는 동안에는 느끼지 못해도, 한참이 지나 깨닫게 되는 것을. 만약 그렇지 않다면, 누가 애써 여행 같은 걸 한단 말인가?"

An Gobán Saor

옮긴이 **이윤정**

부산에서 태어났다. 부산대학교 일어일문학과를 졸업하고 동 대학원 석사과정과 도쿄외국어대학 대학원 일본어과 연구생 과정을 수료했다. 옮긴 책으로는《내 꿈은 언젠가 바람이 되어》《마리카의 장갑》《인도방랑》《고독한 늑대의 피》《결혼의 심리학》《악마의 패스》등이 있다.

만약 우리의 언어가 위스키라고 한다면

1판 1쇄   2001년 5월 15일
4판 1쇄   2020년 6월 18일
4판 12쇄   2024년 12월 17일

지은이   무라카미 하루키
사진   무라카미 요오코
옮긴이   이윤정

펴낸이   임지현
펴낸곳   (주)문학사상
주소   경기도 파주시 회동길 363-8, 201호(10881)
등록   1973년 3월 21일 제1-137호

전화   031) 946-8503
팩스   031) 955-9912
홈페이지   www.munsa.co.kr
이메일   munsa@munsa.co.kr

ISBN 978-89-7012-618-0 (03830)